AGRADÁVEL ANOITECER

Editora Appris Ltda.
1.ª Edição - Copyright© 2023 dos autores
Direitos de Edição Reservados à Editora Appris Ltda.

Nenhuma parte desta obra poderá ser utilizada indevidamente, sem estar de acordo com a Lei nº 9.610/98. Se incorreções forem encontradas, serão de exclusiva responsabilidade de seus organizadores. Foi realizado o Depósito Legal na Fundação Biblioteca Nacional, de acordo com as Leis nos 10.994, de 14/12/2004, e 12.192, de 14/01/2010.

Catalogação na Fonte
Elaborado por: Josefina A. S. Guedes
Bibliotecária CRB 9/870

J831a
2023
	José, Hamilton
	  Agradável anoitecer / Hamilton José. – 1. ed. – Curitiba : Appris, 2023.
	  318 p. ; 21 cm.
	
	  ISBN 978-65-250-4863-5
	
	  1. Ficção brasileira. 2. Temperança (Virtude) 3. Erudição. I. Título.
	
	                                                                      CDD – B869.3

Livro de acordo com a normalização técnica da ABNT

Appris
editora

Editora e Livraria Appris Ltda.
Av. Manoel Ribas, 2265 – Mercês
Curitiba/PR – CEP: 80810-002
Tel. (41) 3156 - 4731
www.editoraappris.com.br

Printed in Brazil
Impresso no Brasil

Hamilton José

AGRADÁVEL ANOITECER

FICHA TÉCNICA

EDITORIAL	Augusto V. de A. Coelho
	Sara C. de Andrade Coelho
COMITÊ EDITORIAL	Marli Caetano
	Andréa Barbosa Gouveia - UFPR
	Edmeire C. Pereira - UFPR
	Iraneide da Silva - UFC
	Jacques de Lima Ferreira - UP
SUPERVISOR DA PRODUÇÃO	Renata Cristina Lopes Miccelli
ASSESSORIA E PRODUÇÃO EDITORIAL	Bruna Holmen
REVISÃO	Andrea Bassoto Gatto
DIAGRAMAÇÃO	Yaidiris Torres
CAPA	Sheila Alves

AGRADECIMENTOS

Agradecimentos carinhosos:
A minha filha Rosane.
Ao meu genro Antônio.
A minha nesta Laís.
Ao meu neto Antônio Neto.
A minha neta Maria Fernanda.
A minha companheira Olga.

Agradecimento especial:
A Doutora Gilbetse.

Homenagem póstuma:
A Miraide (esposa) e ao Marcelo (filho).
A Leontina Barbosa e ao Fidélis Luiz (pais).

PREFÁCIO

Depois de anos como leitor, fazendo introjeção de ideias e palavras de outras pessoas, aos 87 anos de idade, Hamilton José Zanon lançou seu primeiro livro intitulado *Multiplicidade de caminhos*.

A inspiração aflorou na forma de histórias contemplativa e muitas vezes divertidas, com o objetivo de mostrar que a positividade é um caminho possível de se ver e viver a vida.

Hamilton mostrou afinco e bravura de não só escrever, mas também de partilhar essa expressão com o mundo.

Virou exemplo para as pessoas ao seu redor, mostrando que podem ir atrás de seus objetivos em qualquer idade.

Eis que apenas um ano após o lançamento de Multiplicidade de caminhos, temos agora Agradável anoitecer.

O segundo livro de Hamilton José é formado de relatos que, como no primeiro livro, fazem-nos rir e pensar e nos emocionam.

Agradável anoitecer leva o leitor a passar um tempo deleitável na companhia dos seus muitos personagens e situações, mesclando o cotidiano e o fantástico.

Após o seu primeiro livro, Hamilton poderia ter riscado esse feito da lista de conquistas que alguém pode fazer durante seu tempo na Terra e parado por aí. Porém, a imaginação e o desejo de se expressar servem como inspiração de vida não só para Hamilton, mas para nós, seus leitores, que temos o presente de poder ler mais do seu trabalho.

Rosane (filha), Laís e Antônio Neto (neta e neto).

SUMÁRIO

INTRODUÇÃO 11
CONTOS 21
LEITURAS ATRAENTES 21
A CIDADE DOS FANTASMAS 23
CHICO 43
HISTÓRIA DE SUCESSO 71
MALANDRO REFINADO 117
NUVEM ALVISSAREIRA 159
O DIA A DIA 179
O REENCONTRO E AS PERIPÉCIAS DE TRÊS AMIGOS... 201
O PADEIRO 251
O MORADOR ASSUSTADO 269
SONO PESADO 285
ALGUNS POEMAS PARA ABRANDAR A ALMA 293
ALEGRIA 295
CHOVE CHUVA 299
DESATENTO 303
MINHA QUERIDA SANTINHA 307
PASSARINHO 311
ROBUSTEZ 315

INTRODUÇÃO

Pequenas mensagens ligeiras

Movimenta-se.
Movimenta-se.
Fica esperto.
Fica esperto.

Senão...

-1-

... não vai encontrar a refeição do dia.

-2-

...vai perder-se no túnel escuro da esquina.

-3-

...vai ser levado pela correnteza do rio.

-4-

...um raio vai cair em sua cabeça.

-5-

...você, sonolento, vai cair da cama.

-6-

...se esquece de suas roupas lá na lavanderia.

-7-

...um ônibus colide com seu carro.

-8-

...a água quente de seu chuveiro queima o seu nariz.

-9-

...você não vê o sol nascer.

-10-

...ao preparar o lanche da manhã, ao invés de colocar açúcar você coloca sal na xícara.

-11-

...ao sair de casa, ao invés calçar os sapatos você calça chinelos e só percebe quando já está em seu trabalho.

-12-

...no aeroporto, ao invés de embarcar para São Paulo, por descuido, você embarca para o Rio de Janeiro.

-13-

...se esquece dos compromissos do dia e os prejuízos financeiros serão enormes.

-14-

...ao sacar dinheiro no banco, quando for sair alguém dará um tranco em você e levará todo seu dinheiro.

-15-

...ao tomar um remédio para dor de cabeça, por engano, você usa um analgésico para as pernas sem dores.

-16-

...chega atrasado à empresa onde trabalha, seu chefe te dá um "esporro", você fica envergonhado e vai chorar as "pitangas" no banheiro.

-17-

...dentro de uma loja bonita com o ar condicionado ligado você dá um espirro longo maculando várias peças caríssimas.

-18-

...andando pelas ruas, ao atender uma chamada no smartphone, não percebe uma saliência. O sapato enrosca, você desequilibra-se, fica rodando, rodando, e despenca desastradamente na calçada.

-19-

...de madrugada, quando você pede uma pizza à portuguesa, entregam uma dúzia de pão azedo.

-20-

...quando você vai ao mercado depois de muito tempo, escolhe os produtos preferidos. Então você se distrai um pouco, alguém leva o seu carrinho, deixando em seu lugar outro com conteúdo totalmente diferente. Você dá-se conta somente quando já está próximo aos caixas. Já cansado (o mercado já está fechando as portas), volta para casa resignado, sem nada para cozinhar.

-21-

...doido para dar uma caminhada em torno da quadra onde mora, não observa umas nuvens escuras que estavam se formando. Vem um aguaceiro, que o deixa todo molhado dos pés à cabeça. Ao se movimentar célere, dá de frente com outro morador. Ambos preocupados em escapar da chuva submergem numa poça não muito rasa. Só conseguem safar-se depois de alguns minutos, com a ajuda de alguns guardas de trânsito. Desabafam: "Que azar!".

-22-

...preocupado em visitar um amigo de tarde bate na porta errada. O dono da casa, ranzinza, pois já foi assaltado várias vezes, não tem dúvidas, solta os cachorros. Rapidamente, você sobe numa árvore evitando mordedura. Espera uns instantes, os cães vão embora. Você aproveita, desce e some na escuridão.

-23-

...batendo um papo com os amigos se esquece de ir para a casa no horário costumeiro. O relógio já marca 1h. A sua mulher está te esperando há tempo. **Ao retornar, bastante atrasado, tome cuidado, muito cuidado...**
-Fim-

CONTOS

LEITURAS ATRAENTES

A CIDADE DOS FANTASMAS

-1-

Ando sozinho falando pelas ruas.

Parece-me que tem algum fantasma soprando nos meus ouvidos.

Oi! Sou eu, o fantasma.

Pergunto:

O que você está fazendo aí?

Eu sou um terráqueo.

Não conheço você.

O fantasma pergunta:

Posso levá-lo para a minha cidade?

A cidade dos fantasmas.

E o terráqueo pergunta:

Mas como eu irei?

Tem um cinto de segurança aqui.

Irá firme nas minhas asas.

E te pego lá na Praça do Japão.

Tudo bem.

Aí, o fantasma, já quarentão, coloca o terráqueo sobre a suas asas e vai subindo bem devagar.

Muitos terráqueos estavam fazendo caminhada.

Quando viram o terráqueo subindo devagar para os ares, a praça ficou vazia, muito gritos, uns atropelando os outros.

Todos, apressados, sumiram.

Policiais apareceram.

Observaram as pernas do terráqueo balançando e dando um "tchauzinho" lá do alto.

Não tiveram dúvidas.

Entraram no carro e foram embora em alta velocidade.

Não demorou muito, pilotos de aviões começaram a entrar em contato com a torre de controle:

Alô. Aqui é o piloto do avião K5L7.

Estou avistando um homem voando sozinho no espaço.

Está distante daqui uns mil metros.

E da torre:

Não é possível. Você dormiu bem à noite?

Outro piloto, do avião MR2P, informa:

Alô, torre, tem um cara aqui nas alturas. Voa só.

E da torre respondem:

De novo? Coisa estranha. Já é o segundo piloto relatando esses fatos inusitados.

Tá bem.

Vou tomar algumas providências.

Como neste país as coisas são por demais burocráticas, até hoje não se tomou nenhuma ação.

-2-

Pilotos experientes nunca imaginariam que um terráqueo estava sendo conduzido e voando nas asas de um fantasma. Por precaução, para não ocorrer algum acidente, decidiram:

Alô, torre, alô. Aguardamos instruções para aterrissar.

Você: Não fique rindo não. Os fantasmas estão por aí...

-3-

Enquanto isso.

O fantasma avisa ao terráqueo.

Chegamos.

O voo foi de trinta minutos.

O aeroporto não é igual ao de vocês.

É mais moderno.

Já enviei uma mensagem ao chefe informando a nossa chegada.

Observe: esta é a cidade dos fantasmas.

Ela encontra-se toda iluminada.

-4-

Viu, o voo foi muito seguro.

Descansaremos um pouco.

Depois te levo para a casa de hóspedes.

Amanhã iremos percorrer a cidade.

-5-

As casas foram construídas com folhas de papel resistentes ao vento, à chuva e ao calor.

De manhã bem cedo, o fantasma deu as caras.

Tá pronto?

Vamos.

Saíram voando bem baixo.

Aterrissaram numa praça bonita, com fantasminhas brincando.

-6-

Agora irei levá-lo para conhecer o fantasma--mor, que administra a cidade.

Aqui na cidade nós somos mais de um milhão.

Todos contentes e inofensivos.

Os fantasmas são distribuídos por todo o planeta Terra.

Veja lá! Está ele junto ao fantasma e aos fantasminhas.

Não se preocupe. Ele é muito cordial e conversador.

Depois de mais de uma hora de bate-papo, despediram-se.

O terráqueo ficou abismado.

Está muito bem informado.

Não usa televisão nem rádio.

Tem um sistema próprio de comunicação.

Mais moderno e instantâneo.

-7-

Finda a visita, um fantasma bem jovem disse para ele:

Está na hora de você voltar para sua casa.

Tudo bem.

Colocou o terráqueo sobre suas asas e em pouco tempo chegaram, voando a mais de mil quilômetros por hora.

Daí o fantasma jovem falou para o terráqueo:

Vou te deixar no centro daquele estádio.

Jogavam o Coritiba e o Atlético.

O "pau" já estava quebrando nas arquibancadas.

O terráqueo foi descendo devagarinho, devagarinho.

Quando os jogadores perceberam, e as torcidas também, aquele cara vindo lá de cima, pousando sozinho no centro do campo, foi uma correria espetacular.

O terráqueo, muito alegre, acenava para os jogadores e para a torcida em pânico.

Não precisam ter medo não.

Eu sou gente como vocês.

Mas ninguém queria conversa.

A cidade toda ficou sabendo.

As ruas ficaram vazias.

-8-

Os fantasmas não são vistos fisicamente, pois eles têm uma estrutura própria não visível.

Os terráqueos, quando ouvem falar em fantasma, arrepiam-se.

Mas eles estão em todos os lugares.

Vigiando você para saber o que está se passando em sua mente.

São muitos curiosos e honestos.

Não se metem em confusão.

De vez em quando dão um susto em quem está praticando um ato ilícito.

Aí o cara, amedrontado, some na escuridão da noite.

Tremendo como uma vara verde.

Os demais corruptos que porventura não entram na linha sofrem as consequências.

Os fantasmas, um monte, todas as noites, à meia--noite, vêm puxar os pés deles.

Daí não conseguem mais levar uma vida normal.

-9-

Por isso é que você vê muita gente vagando pelas ruas.

Rejeitados, sem rumo e perdidos.

Cuidado, todos aqueles designados pelo administrador dos fantasmas para a sua cidade estão de olho em você.

Não faça nada errado.

Cautela e caldo de feijão não fazem mal a ninguém.

-Fim-

CHICO

1.

Chico, recém-chegado à cidade, sai de casa, do bairro onde está morando, e vai em direção ao centro à procura de um mercado para comprar bananas.

Quando já estava se aproximando da entrada, cai num buraco existente na rua. Fica zonzo. As pernas magoadas. Desmaia.

Sonha:

- Vem lá do alto uma PORTA enorme que o impedirá de prosseguir.

- Outra PORTA enorme despenca lá de cima, fechando o caminho que seria o de volta.

- Preso entre duas PORTAS, não pode movimentar-se.

- Passados pouco minutos, recompõe-se.

- Vê que as portas não mais lá estão.

Não tem noção nenhuma dessas coisas anormais acontecidas.

Com o corpo todo dolorido, está sentado no meio da rua, com os veículos desviando dele.

O povo, transitando pelas calçadas próximas a ele, diz bem alto:

Escapa daí! Pode ser atropelado! Pode ser atropelado!

Ao sair do buraco, simplesmente fica perdido, sem noção e sem rumo.

Passado o mal-estar, prossegue à procura de um mercado.

2.

Vai caminhando, caminhando. Lá distante, avista entre as árvores uma casa grande e diferente, com as luzes todas acesas.

Ao chegar próximo constata: a porta encontra-se entreaberta.

Entra.

Por dentro luxuosa.

Não era mercado.

Também não era uma igreja.

Muitas mesas com computadores, notebooks e celulares de última geração, demonstravam algo incomum: não havia ninguém trabalhando.

Com espanto e amedrontado, começa a ouvir músicas.

Lá na frente, um cara bem vestido torna-se visível.

Pergunta:

Como é que você entrou aqui?

A porta encontrava-se entreaberta.

Entrei.

Preciso comprar bananas.

Mas aqui não é mercado.

Aqui é um local onde nós negociamos de tudo, menos artigos daqueles mercados tradicionais.

Os produtos chegam em veículos descaracterizados, de vários lugares, principalmente do exterior.

São guardados em depósitos especiais à prova de fogo e de roubo, não neste prédio, mas em outro local.

Todos os funcionários têm um armário.

Trocam de roupa por precaução.

Trabalham à noite.

Agora já são 16h.

Daqui a pouco eles começam a chegar.

Como é o seu nome?

Meu nome é Chico.

Você não vai mais sair daqui.

Ficou sabendo de muitos detalhes dos nossos negócios.

Vai ficar morando num quarto lá nos fundos.

Como? Não fiz nada incorreto.

Olhe pela porta.

Aqui próximo não existe mercado.

Você deve ser um espião da polícia.

Magrinho, alto, cara de malandro.

Não sou. Sou apenas um bom eletricista.

Tá bom.

Vou te dar uma oportunidade.

Se abrir "o bico" arruinará as nossas atividades.

Pede a presença de um segurança.

Agora você pode ir.

O segurança vai te acompanhar até a sua casa.

Anotará o seu endereço e todos os detalhes da redondeza.

De vez em quando um agente passará por lá, camuflado.

Os dois saem.

3.

Entram na rua principal da cidade.

O Chico na frente, o segurança 20 metros atrás.

Ele vem refletindo: "Vou dar um jeito e me esquivar dessa sombra porque se for até a minha casa daí não irei mais ter sossego".

4.

Então pela primeira vez Chico tenta escapar do segurança. Não foi bem-sucedido. Vamos ver o que aconteceu.

Lá na frente, o Chico vê uma farmácia.

A rua, naquele horário, está lotada de gente.

Ele aproveita um descuido do segurança, que estava olhando para trás, e corre para dentro do estabelecimento com o intento de fugir.

O Chico é alto e magrinho.

Uma vendedora pergunta:

O senhor precisa de algum remédio?

Chico respondeu:

Não.

Inicia-se uma baderna.

O Chico vai até o fundo da farmácia para verificar se há um jeito de se retirar apressadamente por lá.

Os muros são altos. Ele retorna.

Vai até a porta, e lá se encontrava o segurança, esperando.

As vendedoras tentavam expulsá-lo.

Ele livra-se delas, corre de um lado para o outro, vai até o fundo, volta, vai pelos lados, volta.

Os remédios começam a despencar das prateleiras.

Todas as vendedoras correm atrás dele. Ele, ágil como ninguém, afasta-se rapidamente.

Inesperadamente, chega o dono da farmácia, aflito.

O dono da farmácia e as vendedoras tentam prendê-lo, mas não conseguem... A farmácia vira um ringue...

De repente, o Chico escorrega nos líquidos dos remédios... e tomba.

O dono da farmácia o pega pelas pernas... Chama o farmacêutico para aplicar uma injeção para acalmá-lo, mas ao invés de aplicar uma injeção calmante, ele engana-se e aplica uma injeção que deixa Chico mais aceso ainda.

Tem tanto líquido de remédio no chão! O dono da farmácia escorrega. As vendedoras também deslizam. Todos caem.

Ficam lambuzados, não conseguem equilibrar-se, escorregam, escorregam...

O Chico, mais esperto do que nunca, escapa pela porta em direção à rua.

Pensa: "Preciso dar um jeito de escapar desse segurança".

Olha para um lado e para o outro e não vê o segurança... Ele estava procurando o Chico... De repente, percebe que Chico saíra e ia andando depressa... Segue no encalço dele correndo.

5.

Chico, não se conformando com a sua situação, tenta outra vez escapar. A sorte não está com ele, mas Chico é uma pessoa otimista e perseverante. Vamos registrar o que se sucedeu desta vez.

O Chico vê logo em frente uma loja grande de bijuterias.

Entra.

Procura lá nos fundos uma saída.

Não existe.

Volta correndo.

Causa a maior a confusão... Corre para um lado e para o outro... Os funcionários, confusos, pensam que

é um ataque, não conseguem contê-lo, e as bijuterias esparramam pelo chão.

O segurança ouve o pedido de socorro. Entra lá.

O Chico, esperto, já tinha saído em disparada... Olha para trás e vê o segurança atrás dele.

Como é alto e magrinho, esconde-se atrás de um poste. O segurança, já cansado e com a língua de fora, passa às pressas sem perceber. Vai em frente...

6.

Duas tentativas. O Chico não consegue livrar-se do segurança. Mas ele é teimoso. Dá nó em pingo de água. Tem raciocínio rápido. Vai tentar de novo. Será que dessa vez conseguirá?

O Chico dá uma olhada na esquina. Vê uma barbearia.

Entra às pressas. Lá no fundo tem uma porta aberta. Quando adentra ao quintal dá de cara com dois enormes cachorros.

Os cachorros... Au... Au... Au... Atrás dele.

Retorna correndo, entra novamente na barbearia, com os cachorros perseguindo-o.

Eles, os cachorros, dão uma "paradinha", olham a situação dos seus amigos – os barbeiros –, todos no chão, escorregando.

Seguem atrás do Chico.

Os barbeiros, perturbados, pensam tratar-se de um assalto. As cadeiras com os fregueses começam a balançar...

... Dois cuidando dos cabelos, assustados, cortam sem querer as orelhas dos fregueses...

... Outro dois que faziam a barba, atemorizados, deixam a espuma cair no piso.

O piso fica escorregadio... Todas as cadeiras com os fregueses e os barbeiros desabam e eles não conseguem levantar-se... Todos pedem socorro...

Alguns moradores que estão próximos à barbearia entram para prestar socorro, mas também escorregam e vão para o chão...

Todos ficam de pernas para cima, com as roupas todas imundas... Não conseguem ficar em pé. Enquanto isso, Chico foge.

Depois que tomou uma injeção na bunda na "marra" lá na farmácia, ficou mais aceso ainda e mais veloz do

que um carro de Fórmula Um – com dois moradores, o segurança e os cachorros em seu encalço.

7.

Ainda não deu certo. Mas ele não desiste. Certamente, tentará mais uma vez. Está pensando em dar um drible em todos. Vamos ver o resultado.

Agora, com o segurança, mais dois moradores e mais os cachorros, todos atrás do Chico, ele voa...

O Chico é alto e magro.

O segurança é baixo e gordinho, e os moradores também.

Já estão com a língua de fora...

O Chico está a mais de 20 metros à frente. Dá uma virada por trás deles, consegue ludibriar os três e os cachorros, e entra num posto de gasolina.

Esconde-se.

Os três notam a ausência de Chico.

Os cachorros, latindo atrás, não conseguem escapar.

Enquanto isso, o Chico sai do posto e segue calmamente rumo a sua casa.

8.

Escapou. Conseguiu chegar a sua casa, livre dos perseguidores.

Tranquilo, mais tarde observa por uma fresta o segurança e os dois moradores voltando com as roupas molhadas e rasgadas.

Os cachorros foram para o outro lado do rio e se salvaram.

Chico pensa: "Tive muita sorte. O segurança não conseguiu descobrir onde eu moro. Com certeza, com a escuridão não viram e desabaram dentro de um rio que existe na redondeza".

Recém-chegado de uma cidade pequena onde morava, sai para comprar bananas e dá essa confusão imensa.

Fica meditando.

A perseverança faz parte das pessoas com ânimo forte.

Chico continua seu pensamento:

Vou retornar à minha cidade onde nasci por ora não.

Irei defrontar este lugar com atitude altiva.

Vencerei.
-Fim-

HISTÓRIA DE SUCESSO

Primeira parte

1.

Na cidade de Encantada reside uma família unida de antigos moradores.

A família tem a empresa Constelação do Céu S.A., revendedora de inúmeros produtos para alimentação e de utilidades domésticas.

Os vendedores são membros da própria família.

Todos os dias, eles, em número de quatro, percorrem as cidades pequenas da redondeza visitando seus clientes costumeiros.

Nunca nenhum deles se arriscara a ir uma cidade grande e próspera de nome Belo Entardecer para oferecer seus produtos.

Numa ocasião, toda a família reuniu-se no galpão.

Conversa vai, conversa vem, discussões acaloradas, a família decide destacar o membro da família que cuida de vendas mais antigo – o nome dele é Aristóteles – para

ir pesquisar e explorar as possibilidades de se instalar uma filial naquela cidade.

Muda-se para lá e aluga um barracão destinado a receber as mercadorias que chegariam da matriz.

Aristóteles pensa: "Seguirei meu destino. Mas o que é destino? Talvez seja um projeto ou um rumo que terei que abarcar".

Instalado lá, sem mais delongas começa a telefonar, iniciando os primeiros contatos com seus possíveis futuros clientes, marcando dia e hora para as primeiras visitas "in loco".

Escolhe três bairros, um bem distante do outro, para evitar concorrência.

Ao sair de casa sozinho, fica surpreso com a quantidade imensa de avisos, placas, advertências, esparramados por todos os lados.

Já de início percebe:

Não dirigir a mais de 60 km, não dirigir a mais de 50 km. Não dirigir a menos de 20 km, não dirigir a menos de 40 km.

Se desobedecer será multado em 190 reais e levará cinco pontos na carteira de motorista.

Como não tem outra alternativa, vai em frente, devagar.

Primeiro, dirige-se ao bairro onde se concentrava e morava grande número de pessoas de origem japonesa.

Depois de muito trabalho e de ser multado várias vezes, finalmente chega à loja do senhor Nakagava.

Bom dia.

O senhor tá precisando de alguma coisa para o seu comércio?

Temos arroz, feijão, azeite de várias marcas, utensílios, geladeiras, freezer.

O senhor Nakagava olha desconfiado para Aristóteles que, por sua vez, mostra os documentos, propaganda de sua empresa, referências e tudo mais para adquirir a sua confiança.

Não demora muito, ele mostra-se amigo e começa a rir.

Aí o Aristóteles aproveita a deixa.

Conta uma piada.

O japonês ri bastante.

Às pressas, tira de sua sacola o bloco de pedido.

Hoje o senhor precisa de azeite, de óleo de cozinha, de arroz: sim.

Foi anotando: 50 latas de azeite, 40 latas de óleo de cozinha, 10 sacos de arroz.

Senhor Nakagava: assina aqui em baixo.

Ele assina.

Dentro de cinco dias receberá as mercadorias, as notas fiscais e a duplicata – pagamento à vista.

O senhor Nakagava começa a coçar o pescoço.

Chega bem perto do Aristóteles meio encabulado e diz:

Você pode me arrumar uns 20 saquinhos de doce de leite?

Japonês gosta muito.

Sim. Posso.

Vem junto com as mercadorias, é um presente.

Despediram-se.

2.

Concretizada a primeira venda, dirige-se agora ao bairro dos italianos.

Há sempre uma esperança a ser alcançada.

A esperança não passa de uma vaga expectativa que, muitas vezes, não se concretiza no decorrer da existência de alguém.

Mas o Aristóteles é uma pessoa otimista.

Entra no automóvel.

Dá uma olhada no itinerário.

Alcança uma rua bastante movimentada.

Perdido, não sabe se vira para a direita ou para a esquerda.

Para o carro.

Pergunta para um transeunte.

Ele diz:

> *Segue pela a direita e vai embora. Daqui a uns cinco quilômetros irá encontrar a colônia italiana.*

Só que ele confunde-se e entra numa rua sem saída.

"E agora o que eu faço?", pensa.

Espera um pouco.

Aparece um morador do edifício ao lado.

Pergunta como deve proceder para sair dali.

> *Faz o seguinte: dê uma ré, entra naquela avenida grande por onde você passou há pouco e segue pela direita.*

Lá vai o Aristóteles com a cabeça quente.

Não demora muito, avista a colônia dos italianos.

Agora falta encontrar a loja do senhor Giovani.

Pergunta para alguém.

A pessoa informa:

É logo ali.

Lá vai ele.

É multado várias vezes novamente.

Ora por ter ultrapassado os 60 km, ora por ter ultrapassado os 50 km.

Ora dirigindo por apenas 30 km, ora dirigindo por apenas 40 km.

Fica danado da vida.

Mas pensa:

"Mas eu existo.

Este é um período que foi projetado para mim.

Não posso desistir.

Tenho que ir em frente cumprir a minha jornada".

Reclama.

Cidade complicada.

Encontra.

Entra na loja.

É o senhor Giovani?

Sim.

Eu sou o Aristóteles.

Bom dia.

Está precisando de mantimentos para a sua loja?

Nós vendemos macarrão, arroz, feijão, óleo, azeite e utensílios de cozinha.

Está faltando macarrão, azeite e arroz.

Pois não.

Aristóteles pega o talão de pedidos e vai anotando: 5 sacos de arroz, 50 latas de azeite de primeira qualidade e 10 sacos de macarrão.

Só isso.

Por hoje é só.

Assina aqui.

O Giovani assina e chega bem perto do ouvido de Aristóteles, meio tímido.

Olhe, me manda também umas 10 garrafas de vinho da Toscana, dos bons.

Pois não.

É um brinde de minha empresa.

Receberá tudo dentro de cinco dias.

Junto virão a nota fiscal, a fatura e a duplicata.

Pagamento à vista.

3.

Realizado o segundo pedido.

Aristóteles estuda o roteiro.

"Tenho muito trabalho pela frente".

Agora vamos ao Centro.

Entra numa rua, entra noutra, uma confusão dos "diabos".

O guarda de trânsito não perdoa.

"Lasca" outras multas.

Vai para lá, vai para cá, até que encontra a loja do Alcebides.

É o principal comerciante da região.

Entra.

Seu Alcebides.

Eu sou o Aristóteles.

Telefonei ontem à tarde para você.

Eu me lembro.

Tá precisando de arroz, de feijão, de açúcar, de azeite?

Preciso de arroz e de açúcar.

Aristóteles pega o talão e vai anotando o pedido.

Pronto.

Seu Alcebides, assina aqui.

Ok.

Aí Alcebides, encabulado, pede: mande uns docinhos de morango.

Dentro de seis dias o senhor receberá as mercadorias e os docinhos. Presente da empresa.

A nota fiscal e a duplicata estarão junto.

Irei pagar com dinheiro vivo.

Daí o senhor Alcebides fica filosofando.

Diz para Aristóteles:

O dinheiro é um "troço" que anda por aí passando de mão em mão.

Nunca para.

Tem dia que entra e saí do bolso rapidamente.

Fica por aí girando.

4.

Os outros vendedores percorrem as cidades pequenas atendendo os fregueses antigos.

Fazem vendas para:
Giovano.
Natagava.
Alcebíades.

Como já são bastante conhecidos da empresa e amigos de todos os diretores os negócios são realizados rápidos.

Segunda parte

1.

Até agora correu tudo dentro dos conformes.

Por uns pequenos detalhes, contudo, é confundido e misturado às mercadorias.

A empresa é muito grande.

Tem os vendedores.

Tem os funcionários que separam as mercadorias de acordo com os pedidos.

E tem as pessoas que fazem a entrega.

A clientela é bastante diversificada.

Compra-se de muitas indústrias e vende-se para muitos varejistas.

2.

Como já sabemos:

Tanto o Giovani como o Giovano fez pedidos.

Tanto o Alcebides como o Alcebíades também.

Tanto o Nakagava como o Natagava também.

Os produtos destinados ao Giovani são entregues para o Giovano.

As mercadorias destinadas ao Alcebides são entregues para o Alcebíades.

As mercadorias destinadas ao Nakagava são entregues para o Natagava.

3.

Diante de tanta desordem, Aristóteles fica quase louco.

Como resolver os problemas?

O presidente da empresa toma conhecimento dos fatos.

Preocupado, chama o diretor de Relações Públicas e o diretor comercial.

Determina:

Imediatamente, vão ajudar o Aristóteles.

Entrem em contato com seis motoristas, cada um com seu veículo de entregas.

Sigam junto a vocês.

Os telefones da filial não param de tocar.

Nakagava liga bravo:

As mercadorias que recebi não são as que comprei.

Aristóteles tenta acalmá-lo:

Senhor Nakaga, vamos resolver o problema.

Respeito comigo. Meu nome é Nakagava e não Nakaga.

Natagava liga.

Giovani liga.

Giovano liga.

Alcebides liga.

Alcebíades liga.

Nesse meio tempo, chegam os diretores e os motoristas com seus veículos.

De imediato fazem uma reunião de emergência.

Orientam os motoristas.

> *Você vai até a loja do senhor Nakagava. Pegue as mercadorias e as leve para a loja do senhor Natagava.*

> *Você vai até a loja do senhor Natagava. Pegue as mercadorias e as leve para a loja do senhor Nakagava.*

> *Você vai até a loja do senhor Giovani. Pegue as mercadorias e as leve para a loja do senhor Giovano.*

> *Você vai até a loja do senhor Giovano. Pegue as mercadorias e as leve para a loja do senhor Giovani.*

Você vai até a loja do senhor Alcebides. Pegue as mercadorias e as leve para loja do senhor Alcebíades.

Você vai até a loja do senhor Alcebíades. Pegue as mercadorias e as leve para a loja do senhor Alcebides.

Resolvida a confusão, tudo voltou ao normal, sem prejuízo para ninguém.

Fica a lição.

Não adianta ter pressa.

A pressa é inimiga da perfeição.

Terceira parte
O festão

O presidente da empresa é avisado de que tudo foi normalizado.

Então ele próprio liga para todos os comerciantes mencionados, convidando-os para um almoço no sábado, às 13h, na sede da empresa, em homenagem a eles.

Ele contrata um bufê para organizar a festa.

Cinco garçons para servir a comida.

Dois garçons para servir os vinhos, dos bons, da Toscana (Itália).

Por volta das 12h30 começam a chegar os convidados.

As mesas são colocadas em forma de círculo, com as toalhas na cor bege, guardanapos, copos, talheres brilhando, tudo de bom gosto.

As cadeiras, muito bonitas, já têm os nomes dos convidados, dos diretores, do presidente e dos vendedores, que eram membros da família.

O presidente chega pontualmente às 13h.

Determina aos garçons, que estavam em pé à sua frente:

Comecem a servir a comida e os vinhos.

Surpresos, os convidados não sabiam por onde iniciar.

Tinha de tudo: macarrão, carne, verduras...

Os garçons não deixam faltar nada.

A comida ia diminuindo, eles traziam mais.

O vinho não para nos copos.

Passada uma hora, já estavam todos descontraídos.

Comida e vinho, vinho e comida, todos alegres e contentes, com as línguas já enrolando.

De repente, toca o telefone do Natagava.

Alô.

Era a mulher dele ligando.

Você me deixou aqui?

Quando saí não estava em casa. Um momento só.

Vou falar com o presidente.

Surpreso, de imediato solicita ao seu motorista particular:

Vá buscar a esposa do Natagava.

Avisada, "produz-se". Não demora e o "carrão brilhando" chega.

As mulheres vizinhas, "invejosas", vão para a rua verificar o que estava ocorrendo.

A Rosalinda, mulher do Natakava, "toda empolgada", com o motorista fora do "carrão" abrindo a porta para ela, dá um "tchauzinho" para todas.

Faz-se um alvoroço.

E ela vai para a festa.

Chegando lá, o marido, Natagava, e o presidente da empresa vão recebê-la.

Quando entram, todo mundo levanta-se batendo palmas.

Foi uma apoteose.

Já sentados, o presidente pede aos garçons:

Mais comida, mais comida, mais vinho, mais vinho.

É uma correria.

Vai comida, vai vinho, vai vinho, vai comida, até que começa a escurecer.

Todos já com a "pança" cheia, já se achando os donos da casa, levantam-se e começam a conversar e a andar com as pernas "trançando".

Nakagava e Natagava começam a cantar uma música japonesa e os demais batem palmas e riem. É o auge do festão.

Finda a música dos japoneses, outros começam a cantar um "sambinha".

Aí é demais.

Vão para o salão.

Lá pelas 23h, cansados, voltam para as cadeiras e tiram uma boa "soneca".

O presidente aparece e agradece a todos:

Muito obrigado pela presença.

Foi um dia e uma noite inesquecíveis.

Aqueles e aquelas que desejam ir para casa, os automóveis com os respectivos motoristas já estão à disposição.

Chegam em casa sãos e salvos.

No dia da festa, a rádio da cidade de Encantada transmite parte dela.

No dia seguinte, rádio, TV e jornal da cidade de Belo Entardecer divulgam o festão.

Uma jornalista da capital e duas jornalistas de Belo Entardecer vão entrevistar o presidente e os comerciantes.

A empresa Constelação do Céu S.A. passa a ter destaque nacional.

As vendas dobram.

Aristóteles não dá conta de anotar os pedidos.

Os diretores também recebem telefonemas pedindo mercadorias.

No dia seguinte, quando os comerciantes, ainda sonolentos, abrem as lojas, um monte de fregueses entra correndo para comprar os produtos que tinham vindo da empresa Constelação do Céu S.A.

Os negócios aumentam 100%.

Contratam mais funcionários para atender à demanda.

Nunca antes nenhuma empresa havia tido a iniciativa de prestar homenagem aos comerciantes.

Foi um acontecimento inédito.

Não se pode subestimar a vida.

Ela não é estanque.

Há uma força interior muito forte superando todas as dificuldades que se apresentam a todo o momento.

Os pensamentos positivos são constantes e vão além das forças físicas de cada um.

Não há espaço para as tendências negativas.

Escutem: os dias e as noites alternam no encalço da honestidade e dos bons propósitos.

A honestidade e os bons propósitos são os percursos para o sucesso.

-Fim-

MALANDRO REFINADO

-1-

Um senhor de uns 50 anos, bem disposto, desembarca de um ônibus na rodoviária de uma pequena cidade do interior, por volta das 10h.
Tem em mãos uma diminuta câmera e um pequeno aparelho que pisca quando ele aperta um botão.
Hospeda-se no único hotel existente na cidade.

-2-

Falastrão, logo faz amizade com o dono do hotel e com os hóspedes.

Após o jantar vai até o centro.

Dá boa-noite para um, boa-noite para outro.

Sem mais delongas, entra num grupo de pessoas, procurando fazer amizade com aqueles moradores que lá se encontram.

Como se tratava de um estranho alguns vão embora; outros lá continuam, ávidos de saber de quem se tratava.

O estranho alega estar cansado, despede-se e retorna ao hotel.

-3-

Chegando lá, solicita ao gerente um mapa da cidade.

Inocentemente, sem desconfiar de nada, o gerente atende-o.

O estranho passa o restante da noite e parte do dia seguinte estudando e elaborando os roteiros dos bairros e das ruas, onde pretendia pesquisar os hábitos e os costumes dos habitantes.

-4-

Em seguida, dá início ao seu plano desonesto.

Sai do hotel por volta das 20h.

Primeiro, percorre as ruas e os bairros mais distantes, fotografando as casas, os veículos, os portões das garagens e os cadeados, e tudo mais que lhe interessava, muitas vezes com a autorização dos proprietários.

Nos dias seguintes, seguindo os roteiros, além de fotografar tudo que lhe fosse útil, procura também fazer amizade com os moradores.

-5-

Findo esse trabalho, inicia-se a outra etapa de sua missão.

Passa dias e dias dentro do hotel.

Segundo o gerente, os telefonemas eram longos.

Fala baixinho, com o fone praticamente dentro dos ouvidos, de tal forma que ninguém pudesse ouvir as conversas.

-6-

Após os telefonemas, pretende conhecer a periferia dos bairros.

Examina novamente o mapa da cidade.

Precisa espairecer um pouco.

Anota quatro opções:

a) A mata.

b) A cachoeira.

c) Uma fazenda de gado.

d) A casa de divertimentos.

Nunca havia entrado numa mata, não conhecia uma cachoeira de perto,
nunca havia entrado numa fazenda de gado, daí por que não ir conhecer também a casa de divertimentos existente na cidade.

Não acostumado com uma nem com as outras coisas, não demora muito, enrola-se e fatos hilários surgem espontaneamente.

-7-

Vamos acompanhar o que se sucedeu.

A mata
Primeiro dia dos acontecimentos

Ele vai até a parte norte da cidade.

Caminhando, entra na mata rarefeita e extasia-se com a exuberância das árvores.

Fotografando os galhos, as folhas e os troncos das árvores enormes, cada vez mais entusiasmado, quando dá por si já está no meio da floresta.

Senta-se um pouco.

Olha para cima, dois macaquinhos fazendo macaquice, pulando de galho em galho.

Aponta a câmera para eles e os fotografa.

Com os "flashes", eles urram, brincam, fazem caretas, vão de uma árvore para outra, e chegam cada vez mais perto dele.

Ele levanta-se, e como estava brincando com os macacos, não percebe e enrola-se numa pequena árvore cheia de espinhos.

Não consegue escapar.

Tenta, tenta e não consegue.

As pernas e os braços arranhados.

Dá um jeito e escapa.

Decide voltar, pois já são mais de 15h.

Não vê um toco de árvores, tropeçou e caiu num monte de folhas.

Com o "farfalhar" das folhas, uma cobra saiu correndo, e ele também.

A cobra achou que se tratava de um terremoto. Sumiu.

Em seguida, os dois macaquinhos apareceram acompanhados de mais quatro.

O susto com a cobra já havia passado.

Os macaquinhos o acompanharam.

Dois na frente e dois de cada lado.

Ele apontava a câmera para eles e os fotogravava.

Os "bichinhos" faziam graças, pulavam, "riam".

Andando de devagar, chegaram perto da parte urbana da cidade.

Ele reuniu os seis macaquinhos e os fotografou.

Mostrou a câmera para eles.

Apontou com o dedo e disse:

Estão vendo? São todos vocês.

Os macaquinhos faziam caretas, davam saltos de alegria.

Olhavam, olhavam, até que a noite chegou.

Foram embora contentes.

O cara retornou ao hotel com saudades dos macaquinhos.

A cachoeira
2º dia dos acontecimentos

Descansado, mostra o mapa para o dono do hotel.

Queria saber onde ficava a cachoeira.

Chamou um táxi e foi até lá.

Começou a fotografar aquela beleza da natureza.

Foi para um lado, foi para o outro.

Subiu em cima de uma pedra.

Intento: melhor visualizar a cachoeira.

A pedra era lisa, lisa como um sabão.

Despencou para dentro da pequena cachoeira.

O tênis e as meias saíram de seus pés.

A corrente da água foi levando-o.

Sentiu uma fisgada no mindinho do pé esquerdo.

O peixe pensou que fosse comida para ele.

Deu um grito de dor.

O peixe desapareceu.

Não mais de cem metros à frente outra fisgada.

Dessa vez no mindinho do pé direito.

Deu outro grito de dor.

Respeitáveis peixes: meus dedos dos pés não são lanches para vocês.

Preocupado, tratou logo de procurar um local onde pudesse subir para cima de um barranco.

Conseguiu.

Sentou-se.

Ficou fotografando.

Chegou um pescador.

Começaram a conversar.

O pescador avisou-o que até ali o rio era raso.

Depois é muito fundo, cheia de pedras.

O pescador alertou-o:

Cuidado.

Foi embora.

Ele também, já cansado, retornou ao hotel.

A fazenda de gado

3º dia dos acontecimentos

A fazenda de gado não ficava muito diante do hotel.

Ele foi andando e viu lá frente uma placa onde estava escrito: "A fazenda do sol".

Foi se aproximando e notou que o dono estava na varanda.

Chegou e perguntou:

O senhor me autoriza a fotografar o gado?

O dono da fazenda disse:

Sim.

Só cuidado com os bois.

Não mexa com eles.

O dono da fazenda abriu a porteira que dava acesso ao pasto.

Entrou.

Lá na frente os bois já estavam dormindo.

Um deles chamou sua atenção.

Era preto, com os chifres enormes.

Apontou a câmera e começou a fotografá-lo.

Os "flashes" ou a quantidade de luzes irritaram-no.

Levantou-se e ameaçou-o com uma chifrada.

O intruso saiu correndo, com o boi correndo atrás dele.

Não encontrava uma alternativa para se salvar.

Corria em volta do pasto à procura da porteira.

O boi pretão chifrudo atrás dele.

Mas nada encontrava.

O boi pretão chifrudo não lhe dava tréguas.

Lá na frente avistou um declive no pasto.

Correu para lá.

O boi pretão chifrudo atrás.

Chegou próximo.

O boi deu uma chifrada.

Um lado do chifre acertou a perna dele.

Os outros lados acertaram a cerca.

Ele voou por cima.

Caiu dentro de um rio.

Não se machucou, teve apenas algumas escoriações.

Todo molhado e assustado, foi até casa do dono da fazenda.

Solicitou a ele que chamasse um táxi.

O dono fazenda repreendeu-o:

Eu te avisei. Deu no que deu.

O viajante disse para ele mesmo:

Fotografar bois de novo jamais.

À casa de divertimentos
4º dia dos acontecimentos

Prestes a deixar a cidade, foi colher informações com o gerente do hotel.

Queria saber onde ficava a casa de divertimentos.

Foi informado: segue àquela rua, vai até o final, depois vira à esquerda próximo a uma árvore grande. Lá você a encontra.

Chegando à casa por volta das 20h, foi recebido por várias mulheres, que o levaram até a uma mesa bem arrumada.

Pediu uma dose de uísque.

Bebeu tudo de uma vez só.

Depois solicitou uma garrafa de vinho.

Tomou vários copos.

Já bem alegre, foi dançar com mulheres que já se encontravam no salão.

Dança com uma, dança com outra, o batom vermelho delas roçava em seu rosto e em suas roupas.

Divertiu-se bastante.

Já meio bêbado, subiu em cima da mesa, cantou algumas canções melodiosas, jogou várias notas de cem para cima, desceu da mesa, bebeu mais um copo de vinho.

Sonolento, dormiu um pouco.

Acordou, pagou a conta e despediu-se de todas.

Lá pelas 23h chegou ao hotel.

Abriu a porta do quarto e lá estava, sentada na cama, a sua mulher.

*Surpreso, todo cheio de batom, aconteceu o maior **forrobodó** já visto no hotel.*

A mulher, vendo o marido naquele estado, partiu para cima dele.

Você me telefona dizendo que está cansado, trabalhando muito, e eu, "burra", acreditava em tudo que você falava.

Fiquei com pena, resolvi vir até aqui para ajudá-lo e encontro você nesse estado deplorável.

Aí soltou o "verbo".

Sem-vergonha! Traidor!

Gritava alto, com o sapato na mão, batendo com força nas nádegas dele.

O dono do hotel e os outros hóspedes foram até lá e assistiram aquele espetáculo ridículo e, ao mesmo tempo, pitoresco e divertido.

Eles tentaram acalmar as coisas.

Não tendo outra forma, o dono do hotel pediu para ele sair do quarto e levou-o para outro.

A mulher, depois do escândalo, adormeceu.

O dono do hotel orientou-o a tomar um banho com salmoura e jogar a roupa suja de batom no cesto de lixo.

Levou para ele novas roupas.

De manhã, acordou já refeito da escaramuça. Foi até o quarto em que a sua mulher estava dormindo, pegou seus sapatos, que estavam próximos à porta, levou-os para o chuveiro, pois também estavam sujos de batom.

Mais tarde, andando devagarinho, foi visitar a sua mulher.

Estava acolhedora.

Pediu desculpas.

Fizeram as pazes.

Três dias depois, retornaram à cidade de origem.

-8-

Desfecho surpreendente

Passada uma semana, seu chefe pede para que fique atento, pois no dia seguinte ocorrerá o final da missão de acordo com as informações obtidas e transmitidas a ele (chefe).

As 30 casas selecionadas têm dois veículos na garagem.

O malandro usava a minúscula câmera e o aparelhinho moderníssimo de múltiplas ações para passar informações ao chefe quanto a marcas dos veículos, tipos dos cadeados e posição onde ficavam as janelas e os portões.

Após a 1h, os comparsas do chefe colocam nas janelas onde todos dormiam um pozinho branco.

Os moradores dormem um sono relaxante e profundo.

Acordam por volta das 11h.

De manhã, os veículos em torno de 60 não estão mais nas garagens.

Simplesmente desapareceram.

Surpresos e com medo, vão à delegacia para fazer boletins de ocorrências.

O delegado determina a um policial que comunique a todas as delegacias da redondeza a tomarem as medidas necessárias a fim de recuperar os veículos.

Passam alguns dias e nada é encontrado.

O que mais chamou a atenção é que os cadeados dos portões estavam intactos.

Chaveiros de várias cidades são convidados a fazer perícias nos cadeados, mas nada de anormal é encontrado.

Uma hipótese é levantada.

Com certeza, os comparsas usaram o aparelhinho moderno de múltiplas ações para abrir os cadeados.

Depois furtaram os veículos.

Eles tinham sido treinados fisicamente e tecnicamente com o intuito de fazer ligação direta nos carros.

O chefe deles tinha na cidade dele uma loja de revenda e compras de veículos usados de todas as marcas.

Os cadeados foram fechados novamente sem deixar rastros.

O malandro conseguiu ganhar a confiança de todos os habitantes para praticar o maior furto de que se teve notícia.

Inclusive, com as informações lhe foram fornecidas: visitou a mata com seus macaquinhos, a cachoeira, uma fazenda de gado e até a casa de divertimentos.

Os habitantes da cidade não acreditam.

Foram ludibriados, enganados, iludidos e tapeados.

Toda a imprensa do país, tanto a falada como a escrita, enviaram seus principais repórteres para averiguar o acontecimento.

Foram unânimes: **Malandro refinado**.

-Fim-

NUVEM ALVISSAREIRA

Uma nuvem branca desconhecida aproxima-se com uma cauda enorme brilhando como se fosse de ouro e diamante.

Passa vagarosamente rente ao telhado das casas e dos edifícios de uma cidade grande existente próximo ao oceano no sul do país.

Todos vão para as ruas surpresos, admirar o espetáculo magnífico nunca visto na região.

Formam-se de modo espontâneo vários grupos, cada um se manifestando sobre aquele fenômeno.

Uns diziam: ela é portadora de boas novas já que a cidade está vivendo um clima de desarmonia.

Perfeito caos:

As pessoas, com o rosto severo, carrancudo, dão a impressão de estarem prontas para o confronto.

Os parques mal cuidados.

As ruas esburacadas.

Sempre faltando água.

A cidade mal iluminada.

Ninguém se preocupa com o meio ambiente.

Muitos veículos – os motoristas desrespeitam tudo o que veem pela frente.

Não estão nem aí: eles gritam, insultam, dizem que necessitam trafegar em alta velocidade porque o dia está indo embora.

Ora!

Levantem mais cedo, com antecedência, para cumprirem seus compromissos diários!

Não coloquem em risco a vida de seu semelhante.

3.
Por outro lado...

O prefeito não se interessa em arrumar a cidade.

Só dorme e ronca segundo a mulher dele.

Além do mais é sonâmbulo.

Ele é visto andando pelas ruas com o cobertor nas costas indo em direção à caixa da água.

Abre todas as torneiras.

É uma calamidade.

As vias públicas ficam cheias de água.

Ainda sonâmbulo, ao voltar para a casa, tropeça.

Não vê o chafariz.

Cai lá dentro.

Acorda.

Não consegue sair.

4.
Aí fica gritando:

Socorro! Socorro! Socorro! Eu sou o prefeito! Socorro! Socorro!

Um morador que estava passando próximo escuta os pedidos de socorro.

Vai até lá, retira-o de dentro do chafariz e coloca-o em seu carro.

Pergunta:

O que aconteceu, senhor prefeito?

Ele responde:

Não sei.

Só me lembro que fui dormir ontem às 22h.

Agora me encontro nesta situação.

Todo molhado.

Com o corpo todo doendo.

Tá bom. Vou levá-lo até a sua casa.

Chegando, a mulher pergunta:

Onde você foi?

Andou aprontando. Tem alguma coisa errada.

Vai dormir naquele quarto lá nos fundos.

Por ora.

Se foi dançar naquela casa que fica ao lado do chafariz você será obrigado a sair daqui.

Diz o prefeito:

Eu não fiz nada errado.

Irei descobrir, viu?

5.
Aglomerado urbano.

A cidade está transbordando de gente. Gente chegando aos montes de várias regiões do país.

Muito tumulto, correria, agitação, algazarra, movimento desordenado.

Tudo isso deixa os habitantes raivosos.

Sem sossego.

6.
Não se pode continuar assim, nessa confusão doida.

Solução: é o momento de todos unirem-se em torno de um objetivo saudável.

Essa é a mensagem que aquela nuvem – não se sabe a sua origem – deixa aos habitantes.

Todos os grupos unem-se e dizem: amanhã a cidade acordará com outro ânimo.

Será remodelada.

Não mais haverá ressentimentos, rancores, nem deslealdade entre aqueles que se dedicam às atividades liberais, ao comércio e às indústrias.

O povo será mais alegre, amigo, trabalhando e estudando em benefício da comunidade.

7.
A vida retorna ao normal, com exceção do prefeito.

Sonâmbulo como sempre.

Continua andando pela cidade de madrugada, com um cobertor nas costas. De vez em quando tenta entrar nas casas vizinhas.

Como ainda é de madrugada, o dono de uma das casas, deduzindo tratar-se de um bandido tentando assaltá-lo, dá uns tiros para cima. Ele escapa e segue em direção à praça.

Senta-se num banco.

Em seguida, levanta-se, segue andando devagar. Lá na frente tem um pequeno rio que passa ao lado da cidade.

Ele tira o cobertor das costas, tira as roupas, entra dentro.

Dois moradores, indo para o trabalho, passam perto e ficam observando aquele vulto tomando banho pelado.

Ainda está escuro.

Saem do carro

Chegam mais perto.

Reconhecem a pessoa – é o prefeito da cidade.

Prefeito, o que o senhor está fazendo aí?

Ele responde:

Estou tomando banho em minha banheira, ora...

Como todos na cidade sabem que ele é sonâmbulo, um olha para o outro e diz:

O que vamos fazer para acordá-lo?

Vai lá no carro e dá uma buzinada. Vamos ver o que acontece.

Dito e feito.

O homem acorda assustado.

Aconteceu alguma coisa, prefeito? Está aí, dentro do rio, sem roupas, nesta escuridão.

Ele pede:

Levem-me para a minha casa.

Tudo bem.

8.
Chegando lá, a mulher vem recebê-lo.

De novo, marido?

Naquele dia, como se nada tivesse acontecido, vai trabalhar normalmente.

O sonambulismo é um ato que ocorre durante o sono e que o indivíduo realiza mais ou menos de modo coordenado e do qual não se recorda quando desperta.

A mulher resolveu ajudá-lo.

Volta a dormir em sua cama.

Quando o marido começa a se mexer muito, ela amarra os pés dele.

Ele tenta desvencilhar-se.

Com o tempo, volta ao normal.

Agora vai ao trabalho assoviando e cantando – **claro, acordado...**

Um morador sabedor, erudito e cauteloso diz:

> *É assim que o planeta Terra ambiciona: cuidar do meio ambiente, a cidade bem planejada e o respeito recíproco entre os habitantes.*

A vida não é um mar de rosas, mas também não é de espinhos.

Manter-se em equilíbrio.

Eis o segredo.

-Fim-

O DIA A DIA

1.

Hoje, a maior parte da população vive em edifícios.

Os moradores de apartamentos são vizinhos muito próximos um do outro.

Vizinhos acima do seu.

Vizinhos também embaixo.

Também há prédio cuja arquitetura lembra a de um pombal.

Você escuta os vizinhos fechando e abrindo as janelas.

Você escuta os vizinhos caminhando pelos quartos, pelas salas, pelas cozinhas.

Muitos fazem muito ruídos.

Nos elevadores fingem olhar para o piso.

Outros fingem ler alguma coisa.

Outros "fecham a cara" dando a entender que não querem conversa.

Mas no fundo, no fundo, há, sim, uma aparente cordialidade não demonstrável.

2.

Mudando um pouco o rumo da narração, conta-se por aí a história daquele condômino de nome Jerônimo que foi a um encontro com os amigos num famoso bar no centro da cidade.

Vamos ver o que aconteceu?
O Jerônimo chega ao bar.
Todos os outros já lá estavam.
Contam piadas.
Boas risadas.
A comida foi servida.
Já de madrugada, todos estavam satisfeito.
Pagam a conta.
Cada um dirige ao seu bairro.

O Jerônimo esquece onde fica seu edifício.
Até que veio bem, apesar da escuridão.
Mas não encontra o seu "habitat".

Deixa o veículo em frente a um prédio que não é o dele.

Ao lado existe uma lotérica.

Aperta a campainha.

O segurança vem atender.

O senhor pretende alguma coisa?

Quero entrar. Eu moro aqui.

O senhor não mora aqui não. Chispa senão chamo a polícia.

Jerônimo não discute.
Vai andando, vai andando, dobra a esquina, segue.
Lá na frente, vários edifícios.
Chega perto de um.
Chama o segurança.
O segurança percebe que se trata do Jerônimo.
Pega-o pelo braço, leva-o até o elevador.
Até que enfim chega em casa.
A mulher dá uma "bronca".
Deita no sofá.
Dorme.

Ao acordar, Jerônimo cai do sofá e bate a cabeça no piso. Daí lembra-se que é dia de trabalho.

Ainda sonolento, vai até o estacionamento.
Não encontra o veículo.
Procura, procura e nada.
Pede ajuda a alguns moradores.

Estão no primeiro estacionamento.
Dirigem-se ao segundo e ao terceiro.
Chegam à conclusão: o veículo sumiu.
Alguém se lembra.
Será que ele não deixou o carro na rua?
Ele dá uma espiada na redondeza.
Para surpresa, topa com o carro em frente a uma lotérica, ao lado de um edifício, distante uns 300 metros do prédio onde mora.

3.

Jerônimo ainda tem uma grande jornada pela frente. Foi indelicado com seus vizinhos. Quer saber? Siga-me.

Desde que retornou da festa com seus amigos vem tendo comportamentos estranhos.

Agora desafia a todos que o ajudam:

Vocês sabem quem eu sou?

Todos respondem: não.

Vocês sabem que sou uma pessoa importante?

Todos respondem: não.

Vocês sabem onde eu trabalho?

Todos respondem: não.

Vocês sabem que moro neste prédio há mais de 20 anos.

Todos respondem: não.

O modo de fazer as perguntas deixa os seus vizinhos incomodados.

Retornam aos respectivos apartamentos.

4.

Daí o Jerônimo toma uma decisão inadequada.

Hoje não irei trabalhar.

Os vizinhos não têm nada a ver com o evento.

Sentarei no banco daquela praça logo ali, próximo ao meu edifício.

Vou descansar um pouco antes de seguir para o meu apartamento.

Está com sono.

Ele dorme.

5.

Em seguida, fatos curiosos e até divertidos ocorrem com o Jerônimo.

Vem uma chuva forte e fria.

Ele levanta-se meio aturdido e, por engano, de novo, tenta entrar na portaria do prédio que fica ao lado do seu.

O porteiro pergunta:

Tá querendo assaltar, senhor Jerônimo?

Jerônimo fica bravo. Responde:

Cuidado! Sou uma pessoa de respeito. Vai "lamber sabão".

O porteiro não gosta.

Há uma discussão acalorada entre o porteiro e Jerônimo.

Um escândalo.

O porteiro avisa a síndica do desentendimento que, por sua vez, comunica aos moradores.

Todos saem em defesa de seu funcionário.

Alguém lá do edifício onde reside Jerônimo e nota aquele bate-boca.

Vai avisar os amigos do Jerônimo.

Muitos deles saem de seus apartamentos.

Vão ver o que está acontecendo.

Os dois grupos se encontram.

Forma-se um "tumulto" gigantesco.

Os motoristas que estavam próximo ao prédio descem de seus veículos.

Vão apreciar a confusão.

Eles gostam e também entram nela.

Ninguém sabe quem é quem.

A discussão segue noite adentro.

Esquecem-se do Jerônimo.

6.

Fatos inusitados ocorrem por causa do Jerônimo.

Gostaria que você não perdesse os lances.

A discussão estende-se a política e futebol.

a. Um morador e um motorista começam a se estranhar.

b. Um fala mal dos políticos.

c. Outro fala mal do futebol.

d. Começam a discutir alto.

e. Quando estão indo para o embate, um **gato preto enorme** começa a se aproximar.

f. Assustados, um fala para o outro: "É um mau agouro".

g. Era mesmo. Eles caem dentro de um buraco e ficam com a metade do corpo para fora. O buraco não é fundo.

h. Estava tapado por um papel grosso escuro.

i. Alguém escreveu: **buraco do prefeito.**

j. O gato preto passa entre eles.

k. Ficam apavorados.

l. **O susto já tinha ido embora, mas de repente o enorme gato preto retorna.**

m. Fica olhando para os dois com os dentes para fora.

n. Dão um pulo e desaparecem no meio dos moradores que estavam cuidando das encrencas.

7.

Do outro lado ninguém entra em acordo.

Os moradores dos dois prédios já não se davam bem.

A situação piorou.

Um morador coloca fogo em várias folhas de jornal.

Uma folha em chama cai dentro da portaria.

As outras folhas espalham-se no meio dos encrenqueiros.

Corre e corre e gritaria.

Chegam os bombeiros para apagar o fogo e a discussão.

8.

Jerônimo reaparece.
Faz um pequeno discurso em cima de um muro:

Vamos acabar com rixa existente entre nós. Convido a todos para participarem de uma festa naquele famoso bar existente no centro da cidade.

Os condôminos ficam contentes.

Respondem sim.

Logo, vão para seus respectivos edifícios, molhados da cabeça aos pés por causa da água jogada pelos bombeiros. Alguns têm hematomas pelo corpo.

Os motoristas que participaram das enrascadas, com as roupas umedecidas entram em seus veículos e vão embora.

9.

Fim da história.

Termina tudo bem.

Mas o povo anda com os nervos à flor da pele.

Uma ocorrência qualquer se torna um rastilho de pólvora.

Calma, gente!

-Fim-

O REENCONTRO E AS PERIPÉCIAS DE TRÊS AMIGOS

-1-

Primeira parte

Estou sempre seguindo para algum lugar sem um rumo certo. Quando me dei conta já estava bem longe de minha casa. Na pequena cidade onde moro atualmente tem pequenos bosques com algumas árvores seculares.

-2-

Logo de manhã fui caminhar observando a natureza. Já um pouco cansado, sentei-me num tronco para descansar as pernas.

-3-

Dois senhores aparentando já ter mais 60 anos também se sentaram lá. Como eu estava sonolento não reconheci, de início, quem eram aqueles dois homens.

-4-

Depois, olhando bem no rosto deles, a minha memória retrocedeu aos tempos passados.

-5-

Você não é o Messias? Você não é o Joaquim? Você não é o Pedro?

-6-

Nós três, quando éramos jovens, não moramos juntos naquela pensão lá na cidade de São Paulo?

-7-

Um de nós respondeu:

Sim.

Já decorreram mais de quarenta anos. Fizemos uma roda. Ficamos pulando de alegria, pois nós três ainda estávamos vivos.

-8-

Passamos um bom tempo conversando, contando piadas, rindo, recordando aqueles dias, meses e anos em que moramos juntos.

-9-

Daí o Messias sugeriu e concordamos em contar as nossas histórias pitorescas.

-10-

De comum acordo, Messias foi o primeiro.

Segunda parte

-11-

Pois é, meus amigos... Depois que encontrei outro emprego longe do centro da cidade fui morar em outra pensão não muito distante do novo trabalho.

-12-

Trabalhava das 8h às 18h, de segunda a sexta-feira, e muitas vezes era convidado para fazer serviços extras.

-13-

Aos domingos, nem todos, ia até o centro da cidade assistir a um filme num dos cinemas lá existentes, no período da noite.

-14-

Meu amigo Joaquim, meu amigo Pedro... Aconteceu um fato inesperado, que desencadeou uma sucessão de erros e ocasionou um tumulto sem precedentes.

-15-

Terminado o filme, já tarde da noite, fui até o ponto de ônibus com o intento de retornar a minha nova hospedagem.

-16-

Não tem explicações. Não é que entrei no ônibus errado? Lá dentro dormi um pouco. O ônibus parou. Desci. Lá por perto havia uma pensão semelhante à minha nova morada em outro bairro.

-17-

Meus amigos, que vexame, que vergonha!

-18-

A porta estava aberta. Entrei. O funcionário da noite, também já meio dormindo, falou:

As senhoras podem ir ao quarto.

Não entendi nada. As senhoras? Ora, eu estava sozinho. Além do mais, era o meu quarto. Entrei e deite-me numa das camas.

-19-

Caro amigo Joaquim, caro amigo Pedro, deu numa embrulhada nunca vista.

Tirei a roupa, fiquei só de cueca. Lá pelas tantas, já passando da 1h, fui acordado por uma gritaria danada.

-20-

Eram quatro mulheres, que trabalhavam das 16h até a meia-noite. Entraram. Acenderam as luzes. Acordei. Uma delas falou alto:

O que está fazendo aqui?

Respondi:

Este é meu quarto.

Outra falou:

Não. Estamos hospedadas aqui já faz mais de dois anos.

-21-

Só de cueca, procurei um jeito de sair para verificar se realmente eu entrara na pensão e no quarto errado. Elas corriam por um lado e eu por outro, várias vezes tentando abrir a porta, mas ela fora trancada por fora. Não se sabia por quem. Num momento, demos um "encontrão". Caí por cima delas.

Gritavam: seu sem-vergonha, indolente, vadio! Eram mulheres fortes e destemidas. Levantaram-se e eu também. Em seguida, cada uma me deu uma bofetada. Ao todo foram quatro. **Quase fui parar no teto do quarto com o pescoço torto.**

-22-

Depois dessa enrascada, observamos, eu e as mulheres, que no lado direito havia uma janela, indicando que havia outro quarto. Estava escrito: não abrir. As quatro mulheres corajosas, perseverantes, não tiveram medo. Apesar do aviso, abriram-na e pularam para dentro daquele quarto. Eu também. Antes, peguei a minha calça e a vesti. Eu só queria cair fora daquela situação.

-23-

Meus amigos, outra confusão dos diabos estava por vir.

-24-

Naquele quarto lá dormiam três rapazes. Eram quase 3h. Os rapazes acordaram espantados. Como fazia muito calor, a porta encontrava-se semiaberta. Os rapazes, de pijamas, estavam mais acesos do que farol de navio à noite. Tentaram mexer com as mulheres. Eu procurava protegê-las.

-25-

Elas e eu conseguimos escapar e entramos no corredor da pensão que dava acesso à rua. Num segundo informei-as de que estava ali para dar proteção a elas. Ficaram contentes. O funcionário da noite da pensão tentou segurar os rapazes, mas eles eram mais fortes e derrubaram-no. As mulheres e eu fugimos.

-26-

Como já eram mais de 5h30, um supermercado já estava aberto ao público, com muitos fregueses lá dentro comprando leite e pão, e alguns já fazendo as compras normais. As mulheres e eu entramos correndo e os três rapazes atrás. Dávamos voltas pelo supermercado. Os fregueses, achando tratar-se de assalto, deixaram-no às pressas.

-27-

Quando o gerente do supermercado, que se encontrava contando dinheiro no escritório, enxergou aquela muvuca — estávamos tentando encontrar um lugar seguro para nós —, abriu a porta. Disse-nos para entrarmos, menos os três rapazes. Eles forçaram a passagem e derrubaram o gerente, que se machucou.

-28-

Lá trabalhavam 30 funcionários, entre mulheres e homens, em seus computadores. O gerente, recompondo-se, solicitou às funcionárias e aos funcionários que os envolvessem de tal forma que ficariam presos entre eles.

-29-

Determinou que uma funcionária conversasse com as mulheres para saber se precisavam e se aceitavam receber roupas e calçados novos. Também pediu a um funcionário para conversar comigo e com os rapazes.

-30-

As mulheres aceitaram a oferta. A mim e aos rapazes foram oferecidas duas opções:

- Primeira: o advogado da empresa tiraria suas impressões digitais e eles teriam que assinar uma declaração prometendo nunca mais perseguir aquelas mulheres e voltar imediatamente para suas residências. Obrigatoriamente, teriam que informar:
- o número do CPF e da carteira de identidade, o nome da rua e do bairro onde residiam e os nomes dos pais. Se aceitassem essa primeira opção, receberiam roupas novas, tênis e 50 reais para custear as passagens de ônibus.

- Segunda: se recusassem a oferta seriam imediatamente entregues à polícia, pois tinham praticado vários crimes.

-31-

Concordaram com a primeira opção. Daí, como foi prometido, receberam roupas novas, tênis e 50 reais para pagar as passagens de ônibus. Um funcionário da empresa levou-os e eu a um ponto de ônibus e todos embarcaram.

-32-

As mulheres tomaram banho e vestiram as roupas e os tênis novos.
Elas informaram ao gerente que o horário de trabalho era das 16h até às 24h. O gerente do supermercado solicitou o nome da empresa onde trabalhavam e o nome do executivo ao qual eram subordinadas.

-33-

O gerente disse a elas que o conhecia, inclusive, era freguês do seu supermercado. Telefonou para ele e pediu para mudar o horário de trabalho delas. Ficou assim: entrada às 8h e saída às 17h. As mulheres agradeceram-no. Foi providenciada também uma nova morada para elas próximo à empresa.

-34-

Depois, durante esses quarenta anos passados que não nos vimos, muita água correu por debaixo da ponte, até eu me aposentar e vir morar nesta pequena cidade maravilhosa, próxima a São Paulo.

-35-

E assim, meus amigos, tudo se resolveu a contento.

Terceira parte

-36-

Joaquim, entusiasmado com a história do Messias, narrou a sua.

-37-

Pois é, meus amigos... Arrumei um novo trabalho numa empresa gigantesca, num bairro distante do centro. Trabalhava das 8h às 18h.

-38-

Conheci várias mulheres e fiquei noivo de três.

Às sextas-feiras e aos sábados eu ficava com a minha noiva número 1.

Aos domingos e às segundas-feiras eu ficava com a noiva número 2.

Às terças e às quartas-feiras eu ficava com a noiva número 3.

-39-

Aí o tempo foi passando – já havia decorrido mais de três anos – e tudo acontecia normalmente, apesar de eu ser noivo de três mulheres.

-40-

A minha noiva número 2 vinha insistindo para irmos jantar num restaurante famoso no centro da cidade. Era um domingo.

-41-

Nem te conto, meu amigo Messias. Nem te conto, meu amigo Pedro. Deu na maior confusão.

-42-

A minha noiva número 1 e a minha noiva número 3, surpreendentemente, apareceram com seus respectivos pais e irmãos. A minha noiva número 1, a minha noiva número 2 e a minha noiva número 3 pegaram-se pelos cabelos. Diziam uma para as outras: "Ele é meu! Ele é meu! Ele é meu!". Os pais das noivas números 1 e 3 e os respectivos filhos estranharam-se.

-43-

A minha noiva número 1 pegou uma porção de feijão para me acertar. Eu abaixei-me e acertou um freguês que estava na mesa da frente. Bravo, também entrou na briga. A minha noiva número 2 pegou uma embalagem de plástico em que ficavam os pães. Jogou-a em linha reta e acertou a cabeça do pai da minha noiva número 1. A peruca soltou-se (não se sabia que ele usava peruca) e com o vento do ventilador ficou voando, voando. Em seguida, caiu em cima do prato de sopa de um freguês que estava jantando. Furioso, foi reclamar

com o gerente do restaurante. O gerente mostrou a ele o seu paletó todo molhado, pois alguém o tinha acertado com alguma coisa líquida.

-44-

O gerente perdeu a paciência. Subiu em uma cadeira e avisou: "Parem com essa muvuca senão chamarei a polícia". Meus amigos, pasmem, não é que a polícia foi realmente avisada?

-45-

A coisa estava quente e embolada. A minha noiva número 1 (hoje ex) e a minha noiva número 3 (hoje também ex) estranharam-se de novo. Nova confusão.

-46-

Eu e minha noiva número 2 ficamos quietinhos num canto. Notamos que havia um jornalista tirando fotos.

-47-

Quando todos os encrenqueiros ouviram lá longe a sirene da polícia tocando saíram apressados. As mulheres, com os cabelos desarrumados; os homens, com os paletós cheios de comida. O careca, o da peruca, ficou apreensivo: "Trabalho numa Secretaria do governo. A polícia não pode me ver". Eu e minha noiva número 2 fomos os últimos a sair. Quando colocamos os pés para fora a polícia já estava chegando.

-48-

Corremos. No outro lado da rua pegamos um táxi. Deixei a minha noiva número 2 na casa dela. Depois, o taxista levou-me até a pensão onde hoje estou residindo. De manhã cheguei quinze minutos adiantado ao meu trabalho como se nada tivesse acontecido na noite anterior.

-49-

As minhas ex-noivas, a número 1 e a número 3, ficamos sabendo, estão felizes com os seus atuais noivos. Então saiu um peso de minha consciência.

-50-

O jornalista que entrara despercebido naquela confusão publicou nos jornais da cidade as fotos que ele obteve, inclusive a foto da peruca que saíra da cabeça do pai da minha ex-noiva, a de número 1, pousando devagar no prato do freguês que estava jantando.

-51-

Também publicou as fotos da minha atual noiva, a número 2, e as ex-noivas, a número 1 e a número 3.

-52-

Quando viram suas fotos nos jornais, elas correram para as redações com a intenção de impedir novas publicações, mas não obtiveram êxito. O estrago já tinha sido feito.

-53-

Meus amigos, esse foi o acontecimento mais relevante ocorrido comigo nesses últimos quarenta anos.

Mas tem outro, também importante, que não posso deixar de contar. Eu me levanto todos os dias por volta das 7h. Tomo o mesmo ônibus diariamente. O ponto de ônibus fica próximo à empresa em que trabalho.

-54-

Um dia, dois caras começaram a me seguir. O segurança da empresa percebeu. Quando coloquei os pés para entrar, um deles tentou me segurar. O segurança "grandão" e forte pegou-os pelos braços e os levantou. Depois, colocou-os no piso. Com o cassetete nas mãos, ordenou: "Tirem as calças e as camisas. Agora saiam correndo".
Lá na frente, eles deram uma paradinha e olharam para trás. O segurança seguia-os à distância. Deu um tiro para cima. Daí os dois caras não tiveram mais dúvidas. Sumiram voando. Nunca mais me perseguiram.

Quarta parte

-55-

Findo os relatos do Messias e do Joaquim, chegou a vez do Pedro.

-56-

Eu, Pedro, continuei na pensão por um bom tempo, onde anteriormente moravam também o Messias e o Joaquim.

-57-

Meus amigos, consegui um novo emprego numa livraria grande, onde trabalhava das 9h às 18h.

58-

À noite frequentava um "cursinho" preparatório destinado a prestar concurso público tanto para o governo estadual como para o governo federal.

-59-

Publicado os editais para preencher vagas nas secretarias estaduais, inscrevi-me e posteriormente fui aprovado.

-60-

Fui nomeado a prestar serviços numa cidade do interior, no setor em que se cuidava da saúde do povo. A cidade era de médio porte e os habitantes eram acolhedores e amigos. Inclusive, fiquei bastante conhecido.

-61-

Trabalhei lá mais de cinco anos. Cumprida a minha missão naquela cidade, fui transferido para outra. O trabalho era análogo, apenas me mudaram de endereço.

-62-

Nessa outra cidade conheci uma pessoa querida, namoramos por alguns anos e depois nos casamos. Tive-

mos quatro filhos. Cresceram, estudaram e formaram-se. Hoje um é advogado e o outro é médico. Dois deles, desde pequenos, gostavam de futebol e formaram-se em Educação Física. Eram bons de bola.

-63-

Aos 18 e aos 19 anos profissionalizaram-se. Os dois foram contratados por um time da capital. Um jogava na defesa, o outro era centroavante. Orgulhosos, eu e minha esposa viajávamos para vermos nossos filhos jogarem. Os outros filhos, o médico e o advogado, também iam juntos.

-64-

Terminadas as partidas, "os bons de bola" iam até o hotel onde estávamos hospedados. A confraternização varava a noite.

-65-

Agora, meu amigo Messias, meu amigo Joaquim. Permitam-me que eu relate dois episódios interessantes.

Vamos lá.

Primeiro

a. *Vocês se lembram de que lá na nossa pensão havia quatro camas? Três eram ocupadas por nós, a quarta cama o proprietário destinava a um rapaz que não conhecíamos. Ele chegava tarde da noite.*

b. *Observamos que numa noite faltavam 20 reais em meu bolso da calça. Na outra noite, 30 reais no bolso da calça do Messias. E na outra noite, 25 reais no bolso da calça do Joaquim.*

c. *Daí combinamos. Numa noite fingimos que estávamos dormindo. O cara chegou. Devagarinho, pegou a calça do Messias, mas quando estava tirando dinheiro, demos um pulo e o seguramos. Ele assustou-se. Disse: "Desculpem-me, desculpem-me".*

d. *Chamamos o dono da pensão e enquanto estávamos narrando o que estava acontecendo, o cara saiu correndo para fugir. Só que ele não sabia que a porta de saída estava trancada porque já eram quase 2h.*

e. *Então o dono da pensão pediu para ele devolver o que ele havia furtado. Ele disse que estava sem nada. O dono da pensão pediu para ele esvaziar os bolsos e a carteira.*

f. Apareceram mais de mil reais e um documento em que constava uma ordem de prisão contra ele. Tratava-se de um finório ladrão. O dono da pensão pediu para ele devolver o que furtara e pedir perdão.

g. De imediato, ele aceitou fazê-lo. E nós decidimos perdoá-lo.

h. O dono da pensão levou-o para o escritório com as coisas dele. Aguardou o dia clarear.

i. Recomendou: "Agora desapareça daqui antes que a polícia se faça presente".

Segundo

Meus amigos, essa historieta foi-me contada quando eu trabalhava lá no interior:

a. *Um aprendiz de cozinheiro pretendia cozinhar arroz.*
b. *Fez o preparo caprichado e colocou tudo na panela. Acendeu o fogo. Por um minuto ficou atento.*
c. *Tocou o telefone lá na sala. Ele foi atender.*

d. Foi um bate-papo longo.

e. Escutou um estrondo. Correu para a cozinha. A tampa tinha explodido, batido no teto e voltado. O fogão continuava aceso. As chamas já estavam se espalhando.

f. Quase também explodiu.

g. O arroz, já meio cozido, espalhou-se pelas paredes, pelo teto e pelo piso. E daí aconteceu o pior: ele escorregou, bateu o bumbum no piso, ficou assado e de pernas para os ares.

-66-

Assim, meus amigos, os anos foram passando e vieram as netas e os netos.

-67-

Por fim, com honestidade e respeito pelo próximo, todos os meus descendentes seguiram o ritual simples da vida.

-68-

Já passando dos 70 anos, aposentei-me.

-69-

Vim viver os restos de meus dias nesta pequena cidade maravilhosa e fascinante, onde nós – Messias, Joaquim e eu –, reencontramo-nos depois de mais de quarenta anos. Que sorte!

-Fim-

O PADEIRO

1.
São 3h.

As ruas estão vazias.

Todos dormem.

Os veículos estão nas garagens.

O comércio todo fechado.

As indústrias todas paradas.

As folhas das árvores descansam da poluição do dia.

Reduzidas profissões estão em atividades.

Apenas uma da mais renomada chama a atenção.

A do padeiro.

Pois o Pedro, o padeiro, ninguém o conhece.

Ele elabora a nossa primeira refeição.

O pão nosso de cada dia.

2.
São 3h30.

Chega à padaria onde trabalha.

Acende o forno.

Vai à despensa buscar a farinha e o açúcar.

Olha, olha, espantado diz a ele mesmo:

Não tem farinha branca de trigo.

Também não tem açúcar branco.

Preocupado, telefona para o "Juaquim", proprietário da padaria.

O "Juaquim" acorda sonolento, com o barulho do telefone tocando.

Pedro, o que foi que aconteceu?

Estamos sem farinha e sem açúcar.

O José, que trabalhou na noite passada, não me avisou.

3.

Vou ligar para o fornecedor.

O fornecedor assusta-se.

A esta hora, "Juaquim", estais a me telefonar?

Por favor, me manda de imediato 40 kg de farinha e 20 kg de açúcar.

Pois não.

Telefona para o motorista.

O motorista, assustado, entra no seu veículo e vai rápido atender o seu patrão.

O fornecedor chega ao seu depósito. Procura, procura, e não encontra nem a farinha, nem o açúcar.

Daí ele diz ao motorista:

O "Juaquim" não especificou o tipo de farinha nem o tipo do açúcar que está precisando.

Vamos fazer o seguinte: leva para dentro de seu veículo 30 kg de farinha de milho e 15 kg de açúcar mascavo.

O motorista carrega o veículo com esses produtos e leva-os à padaria.

Lá chegando, vê que as luzes estão acesas.

Bate na porta. Fala bem alto:

Chegaram as mercadorias!

O padeiro responde:

Pode deixar aí mesmo. Já vou buscá-las.

O motorista retornar às pressas.

Está com muito sono.

4.
O padeiro observa e examina. As embalagens não são de farinha branca de trigo nem de açúcar branco.

Preocupado, olha para o relógio:

Nossa! Já passa das 4h.

Telefona de novo para o patrão.

Avisa:

O motorista do fornecedor trouxe somente farinha de milho e açúcar mascavo.

O patrão pensa, pensa, pois não há mais tempo a perder.

Decide:

Vamos fazer os pães com farinha de milho e fazer os doces e os bolos com açúcar mascavo. Não tem alternativa. Daqui a pouco, às 7h, os fregueses começam a chegar.

Assim foi feito.

5.
O "Juaquim", apressado e preocupado, chega a sua padaria.

Os fregueses já estão esperando na porta.

Comunica a todos:

Hoje não temos pães de farinha de trigo nem doces e bolos com açúcar branco.

Por falta desses produtos, temos pães de farinha de milho e doces e bolos com açúcar mascavo, elaborados com esmero.

Estão muitos bons e deliciosos.

Experimentem.

Corta pedaços de pães.

Depois, corta os doces e os bolos e oferece aos fregueses.

Todos os que estavam ali aprovam.

Levam para casa.

As mulheres e os filhos também apreciam.

6.
No dia seguinte bem cedo, todos os fregueses voltam à padaria.

Gritam, uníssimos:

De agora em diante só queremos pães de milho e doces e bolos feitos com açúcar mascavo!

Nos pães de farinha de trigo e nos doces e bolos de açúcar branco daremos umas férias até que "Juaquim" consiga fornecer os dois ao mesmo tempo.

Olê! Olá!

Todos batem palmas.

Olê! Olá!

Todos cantam.

Olê! Olá!

Todos dançam ao som da música tocada na "vitrola" que Pedro, o padeiro, trouxe de Lisboa.

Até o "Juaquim" entra na folia.

E anunciou:

Hoje, os pães, os bolos e os doces são por conta da padaria.

Ninguém paga nada, levem à vontade.

O "Juaquim", mais contente do que nunca, comunica a todos:

Comprarei mais um forno. Assim que for instalado teremos pães de farinha de trigo e pães de farinha de milho diariamente.

Todos aplaudem o "Juaquim".

Nada como uma boa comunicação amiga, honesta e conciliatória visando resolver uma questão delicada.

Enquanto isso ou depois disso...

7.
À noite, vai embora descansar.

O novo dia mostra "a cara", trazendo alegrias e esperanças.

A cidade acorda.

As janelas das casas são abertas.

O povo dirige ao trabalho.

Os veículos começam a movimentar-se.

O comércio abre as portas.

Nas indústrias, os motores são ligados.

8.
A vida continua.

As rotinas são refeitas e aprimoradas.

-Fim-

O MORADOR ASSUSTADO

1.
O indivíduo mora no sexto andar de um prédio defronte para uma rua.

Está sempre na janela observando o que acontece.

Um grupo de pessoas de todas as idades está voltando do parque, onde foram fazer exercícios, rumo às suas residências.

> Tá vendo, mulher! Os bandidos estão indo assaltar as lojas e as lotéricas (confunde uma coisa com outra).

> Por isso não mais me arrisco a sair de casa de dia nem de noite, a não ser para cumprir atividades básicas.

2.
De repente, vê outro grupo de jovens retirando-se de uma faculdade. Todos brincam uns com os outros.

Um deles olha para cima.

Vê o indivíduo na janela, eleva o braço para cumprimentá-lo.

Assustado, diz à mulher:

Tá vendo? Aquele está me intimidando.

Fecha a janela.

Sai com rapidez, indo em direção ao seu quarto.

Entra.

Fecha a porta, atira-se debaixo da cama.

Bate o joelho no pé da cama, faz um "galo", que fica cantando o tempo todo...

3.
Outro acontecimento comum acontece.

Ouve, surpreendido, um barulho forte vindo da rua.

Sai debaixo da cama abre a janela: são dois carros que bateram um no outro.

Os motoristas discutem alto.

Chama a mulher.

Pergunta:

Você ouviu o barulho da trombada?

Escuta os palavrões que um motorista diz ao outro.

Deduz:

Não tem alternativa com tanta ocorrência num mesmo dia. O jeito é viver recluso em meu cantinho.

4.
Comenta com seus botões:

Não se pode mais sair para sentir a aragem e o vento brando a tocar de leve o rosto.

Não há na redondeza ou além dela a quietude necessária que possa dar um pouco de alento.

Visitar o cordial amigo para um bate-papo destinado a discutir e trocar ideias sobre as amenidades que ocorrem na cidade não é mais possível.

5.
Delibera:

O apartamento será transformado numa fortaleza.

As decisões não irão além do limite imposto pela metragem das quatro portas trancadas

Não está mais disposto a sair de casa.

Fica para outra oportunidade.

6.
Agora pede a opinião da mulher.

Não aguento mais.

Darei uma escapada. O que você acha?

Sim, vai em frente.

Abre a porta.

Segue devagar pela rua, olhando de um lado para o outro.

Não para frente.

Escorrega.

Dá um "encontrão" com um poste pequeno já velho.

Fica com a testa vermelha como se fosse um pimentão azedo...

Ele fica balançando.

Cai ou não cai...

Cai ou não cai...

7.
O poste fica em frente a uma loja.

Ao lado tem uma casa bem velha.

O dono e os fregueses saem rápidos para evitar acidente.

Por fim, o poste desaba em cima da casa velha, soltando faíscas.

8.
Quando começa a pegar fogo, dois assaltantes que lá estavam dormindo escapam somente com as calças do pijama e com os cobertores em volta do corpo.

Entram numa galeria.

Dois policiais que estavam fazendo ronda nas ruas reconhecem os dois.

Vão atrás.

Um apanha duas calças de uma loja.

O outro duas camisas da loja vizinha.

Fogem pelos fundos da galeria.

Desaparecem.

Os policiais não conseguem alcançá-los.

9.
Nas lojas, muitos fregueses fazendo compras.

Diante da balbúrdia que se instala, alguns fregueses saem dos provadores já vestidos com as roupas novas. Vão embora. Não pagam a conta.

Outros fregueses, com as roupas novas nas mãos, saem de "fininho", também sem pagar a conta.

Os donos das lojas não sabem o que fazer.

Ir atrás dos fregueses para receber o dinheiro ou permanecer nas lojas para evitar mais prejuízo, pois os bandidos podem retornar e surripiar outras mercadorias.

10.
Enquanto isso, o morador, assustado, alheio àquela confusão, lamenta-se por não ter visto o poste.

Se tivesse ficado em casa nada disso teria acontecido.

Volta ao apartamento com a testa vermelha e ardendo...

Perdeu o jeito de andar na rua ao lado de muita gente.

Permaneceu muitos meses recluso, com medo de ser assaltado.

11.
Resumo:

...o morador, assustado, dentro de seu próprio apartamento, ao entrar embaixo da cama bate

o joelho no pé dela. Em seguida, aparece um "galo" que permanece cantando até hoje...

...ao sair de casa, andando pela rua, não vê um poste velho e dá um encontrão com ele.

...a testa fica toda vermelha como se fosse um pimentão vermelho azedo...

Mas uma coisa boa aconteceu durante "o imbróglio".

A casa velha, ao ser atingida pelo poste soltando faíscas, cai e começa a pegar fogo.

Os bandidos que lá estavam dormindo – dormiam de dia, assaltavam à noite – desaparecem depois do "rolo" na galeria.

12.
Moral da história:
Quem não se movimenta não se esquenta e perde a capacidade de discernir o certo do errado.

-Fim-

SONO PESADO

-1

O sujeito deita-se, dorme e já começa a sonhar...

-2-

...sonhando... Vai deslocando-se a pé. Ao invés de seguir ao seu local de trabalho, erra, toma outra direção. Entra numa estrada. Nunca por ela havia passado.

-3-

...sonhando... Lá na frente, luzes começam a piscar sem parar. A luminosidade o atrai, perde-se, não sabe onde se encontra. Mas não para. Dá de frente com um pequeno lago.

-4-

...sonhando... Não vê ninguém. Só enxerga outra vez luzes piscando, cada vez mais forte. Num instante, sem perceber, aparecem umas sombras soturnas. Ouve vozes que perturbam a sua mente. Sua cabeça começa a girar. Tropeça e cai dentro do lago.

-5-

... sonhando... Levanta-se, sai do lago e continua andando. Lá na frente aparece um buraco extenso... Vai caindo, o buraco não tem fim.

-6-

...sonhando... Grita: "Me tirem daqui! Estou me sufocando!". Dá outro grito forte. A mulher dele, assustada, pensa: será que me marido ficou maluco? Levanta-se, sai correndo em direção à praça.

-7-

...sonhando... Outro grito acorda a vizinhança. Outros gritos. Os vizinhos, não sabendo o que está ocorrendo, às pressas vão também rumo à praça.

-8-

...sonhando... Observa que o buraco está se abrindo, ele cai e bate a cabeça no piso. Acorda. Está em sua cama. Em seu quarto.

-9-

Veste as roupas. A casa está vazia.

-10-

Ao abrir a porta, a sua mulher e os vizinhos, que se encontravam na praça, ao notar que o doido vinha vindo na direção deles, apavorados, desaparecem no final da rua.

-11-

Retorna a sua casa. Deita-se no sofá. Adormece. Sonha de novo. Dá um rugido extraordinário. A sua

mulher e os vizinhos, que já estava retornando, não titubeiam. Pensam: o maluco, amalucou novamente. Em disparada vão até o centro da cidade. Hospedam-se em um hotel.

-12-

No dia seguinte, reúnem-se. A mulher decide retornar para casa. Os vizinhos também.

-13-

Chegando em casa, encontra seu marido "calminho" e atencioso. Tudo não passou de um pesadelo numa noite cheia de raios e trovões.

-14-

Ainda bem.

-Fim-

ALGUNS POEMAS PARA ABRANDAR A ALMA

ALEGRIA

1.

Dança, dança, pula, pula.
Diverte-se bastante.
Aproveita este dia.
E amanhã também.

2.

Não se esqueça de que as noites.
As noites com a lua cheia.
São bonitas, bonitas demais.
É um convite à alegria e ao namoro.

3.

Seguir para longe de mim.
Todos os ressentimentos.
Quero ser intimamente feliz.
Junto aos meus amigos queridos.

4.

Vem a chuva, vem o sol.
Cuidando de meu jardim.
No quintal de minha casa.
Junto à minha família.

5.

A vida é um presente de Deus.
Temos somente uma.
Cuida muito bem dela.
Com muito amor e carinho.

-Fim-

CHOVE CHUVA

-1

*Chuva, chove, chove.
Não muito forte.
Molha muito as ruas.*

-2-

*O povo necessita ir trabalhar.
Senão não ganha dinheiro.
Para sustentar a família.*

-3-

*A chuva é muito importante.
Todos sabem disso.
Traz água aos reservatórios.*

-4-

*Depois vem para as nossas caixas.
Amenizar a nossa sede.
E cozinhar as nossas comidas.*

-5-

Com elas podemos plantar.
O arroz e o feijão.
E as nossas verduras.

-6-

O povo fica sorrindo.
Os dias são mais bonitos.
Na esquina da vida.

-Fim-

DESATENTO

-1-

Ele andava para lá.
Ele andava para cá.
Perdeu a chave da casa.

-2-

Como vai entrar?
Talvez pelos canos.
Conduz a água para a caixa.

-3-

Mas os canos são muito finos.
Se ele lá se entalar.
Quem vai tirá-lo de lá?

-4-

Esqueceu-se do celular.
Ficou lá dentro da casa.
Como irá ligar ao chaveiro?
Vir desfechar a porta.

-5-

Ele mora muito longe.
Não pode ir caminhando.
O sapato está rasgado.
Vai machucar os dedos do pé.

-6-

Dar algumas pedradas.
Na janela da frente.
Quem sabe ela se abre.
Daí pula para dentro.

-7-

Consertar a janela, como fazer?
Está sem dinheiro.
Emprestar do vizinho.
Nem pensar.

-8-

A noite está chegando.
O sol já se foi.
Está perdido.
No mato sem cachorro.

-Fim-

MINHA QUERIDA SANTINHA

1.

Nossa Senhora Aparecida, minha querida Santinha.
Querida de meu coração.
Sempre olhe por mim e por minha família.
E a Senhora é quem me sustenta espiritualmente de dia e de noite.

2.

Faça sol, faça chuva.
Calor ou frio.
A Senhora está sempre perto de mim.
Nas horas difíceis a Senhora está sempre me orientando.

3.

Nas horas de alegrias eu sempre a vejo sorrindo para mim.
Quando as dores e as tristezas aparecem, a Senhora me diz:
Tenha fé em Deus.
Tempo algum perca o entusiasmo.

4.

Minha querida Santinha.
Minha querida de meu coração.
Sem a Senhora jamais eu conseguiria viver.
A Senhora sempre indica para mim os bons caminhos.

5.

Ao meu lado sempre vejo luzes brilhando.
É a senhora a me acompanhar.
Eu nunca a esqueço.
Aqui ou lá distante.

6.

As ruas das cidades hoje são muito perigosas.
Eu nunca saio de casa sem rezar uma Ave-Maria e um Pai Nosso.
Para que a Senhora acompanhe os meus passos.
Longe das maldades tão comuns nas cidades.

-Fim-

PASSARINHO

-1-

Canta, canta, passarinho.
Venha até a minha casa.
Alegrar-me todos os dias.

-2-

Cuidado com o vento.
Cuidado com as folhas.
Cuidado para não cair do teu ninho.

-3-

Canta, canta, passarinho.
Até o sol ir embora.
Logo, logo, a noite irá chegar.

-4-

Se tu quiseres.
Posso preparar a tua comida.
Bem gostosa, do teu jeito.

-5-

Faço-te um convite.

Venha morar comigo.
Terás um quartinho bem bonito.

-6-

Aqui tu terás segurança.
Para viver os teus dias.
Cantando bem tranquilo.

-Fim-

ROBUSTEZ

1.

Se tens um obstáculo a enfrentar.
Se é tortuoso um espaço a ser percorrido.
Jamais procures contorná-los.
Encare-os com bravura e ousadia.

2.

Se tu estudas ou trabalhas.
Se encontras algumas dificuldades.
Não é impossível trespassá-las.
Os ganhos e os proveitos não tardam.

3.

Se tu és uma pessoa com sentimentos persistentes.
Apesar da dureza da vida não esmoreceu.
A tua energia moral diante de situações difíceis.
Tu as enfrentas com disposição e ânimo.

4.

Os percalços definham ante a energia que te é inseparável.
Não te deslumbres face às propostas mirabolantes.

Torne-se primoroso e realizável com os teus projetos seguros.

A serenidade e a prevenção são defesas para o teu coração.

-Fim-